ここに56通のメールがあります。

親から子へ、はげましのメール、子から親へ、感謝のメール。

大切な友達が深く傷ついたとき、

愛するあの人へ、勇気を出して気持ちを伝えるとき……

日々の生活の中いろいろな想いをのせ

届いた携帯メールには、

それぞれのドラマ、物語があります。

ＮＴＴドコモ主催『ｉのあるメール大賞』

第１回から3回まで、

4万を超える応募作から、

56通のメールを現代の書簡集としてまとめました。

それぞれの愛のかたち。

い……と、

目次

※『ｉのあるメール大賞』第1回から3回までの募集は終了しております。
第4回以降の募集につきましては、
『ｉのあるメール大賞』ホームページhttp://i-arumail.jp/（携帯電話、ＰＨＳ、パソコン共通ＵＲＬ）
上からご確認ください。

協力：株式会社NTTドコモ広報部
稲川　浩
三堀弘二
神保千加子（敬称略）

本書は株式会社ＮＴＴドコモ主催『ｉのあるメール大賞』第１回から３回までの受賞作品から選集したものです。

『第１回　ｉのあるメール大賞』
受賞作品から

1

件名　なし

ちはるからのメールがやっと見られた。
返事に何日もかかっている。
お父さんは四月から毎日が日曜日だ。
孫が生まれたら毎日子守りしてやる。

〈高橋 千春さん〉

エピソード

去年三月に定年を迎えた父に兄二人と私で携帯電話と旅行券をプレゼント。退職前は携帯などいらんと言っていたが、うれしそうだった。使い方に悪戦苦闘の父に、一通り教えて私がまずメールを送ったが、返事はこなかった。

その六月に脳出血で孫の顔も見ずに突然の死。四十年働き続けてホッとしたのはたったの二ヶ月。葬式後、父の携帯に未送信のこのメールを発見した。最初で最後の私宛のメール。

泣きながら送信ボタンを押した。私の一生の保護メールです。

2

件名　無題

今日も泣きましたか。

明日も耐えて耐えて耐えて耐えて耐えぬいて頑張りましょう。

追伸、仕事中笑顔を忘れずに…父より

〈荒井 雅子さん〉

エピソード

社会人二ヶ月目が過ぎた時、寮生活の私は毎日が辛《つら》くて泣いて親に電話をかけていた。そんなある日父からメールが突然来て、私は勇気づけられたと同時にハッとさせられた。

現状から逃げ出したかった私は社会を甘く見ていたのかもしれない。それと、看護師として一番大切なのは何かを改めて教えられた。それは『患者さんに笑顔をもたらすことで元気を取り戻してもらうこと』だ。昔から入院する事が多かった父はそれを一番良く分かっていた。

そんな大切なことを教えてくれたこのメールが、今の私を支えている。これからも頑張っていくぞ！

3

件名　お母さんへ

僕には二人のお母さんがいるけど、それって幸せなことだよね。普通は一人なのに。

三人で家族になってまだ日も浅いけど、僕達はきっといい家族になれると思う。

いきなり中三の子持ちになったお母さん、父さんだけでなく、僕のことも好きになってね。

〈藤井 喜代子さん〉

エピソード

私は初婚で、中学生の子供をもつ主人と結婚しました。三人の生活がスタートしたものの、私は正直言って主人の子供とどう接して良いのか分からず、一人で悩んでいました。そんな時にこのメールが届きました。

息子なりに私の事を気遣ってくれていたみたいです。

4

件名　親父!

たよりない俺だけど、親父の半分も生きてない俺だけど、たまにはたよってほしい!
俺たちの生涯で何人といない、生活を共にする家族だから。

〈川崎 哲さん〉

エピソード

父がリストラされ、それでも私と姉には何も言わず、六十歳前の老骨にむちを打ち、朝、晩と肉体労働をしていた時、母がそっと教えてくれました。

父はすごく頑固で、不器用で、無口な人です。母から（何も言ってはいけないよ、あの人なら大丈夫だから）と言われた後に送ったメールです。

5

件名　ぱぱだいすき❤❤❤

おねつわさがったよ

ぱぱおしごとおつかれさま

きょうはあつくてよかったね ☀❤❤❤

〈山田 靖英さん〉

エピソード

六歳の娘が熱を出したので仕事先から元気づける✉を送った時の娘からの返事です。

連日の猛暑でバテぎみの私でしたが『あつくてよかったね☀』の文面に思わず笑み☺　たぶん『晴れてよかったね☀』と言いたかったんだと……。

娘が益々《ますます》いとおしくなりました❤

6

件名　夫婦

良い旅だった。

〈橋本 美知子さん〉

エピソード

結婚して二十四年経ちますが、二人だけの二泊三日の旅はこれが初めて。東北へ行って来た時のことです。家に帰ってきて無口な夫は早々にお風呂《ふろ》に入って、休んでしまったのですが、ふと私の携帯をチェックすると、そこには主人からのメールが入っていました。

主人はパソコンを仕事で扱っていますが、携帯のメールとなるとなかなか大変らしく、子供たちからはいつも『きちんとした返事をくれない。すぐ電話してくる』とクレームをもらいます。

そんな主人が語りかけてくれた、精一杯の気持ちに「ありがとうございます」。

7

件名　お母さんへ

ご無沙汰《ぶさた》していますが、お元気ですか?

お母さんと離れて暮らすようになって12年が経ちましたね。私は今年28才になりました。そろそろ身をかためたいと思っています。

つきましては11月に結婚式を行ないたいのですが、ご都合いかがでしょうか?

もし出来るなら式に参列して頂きたいと思ってメールしました。連絡下さいね。

待ってます。

〈古山 美穂さん〉

エピソード

きちんとお礼も言えないうちに母が他界して十二年が経ち、私は二十八歳になった。生きていたらきっと私の晴れ姿を誰より喜んでくれるんだろうな。姿は目には見えないけど、この招待状を見たら絶対来てくれると思います。

だから:iメールで天国の母へ届けて下さいね。

8

件名　ありがとう

疲れたでしょう。

ゆっくり休まいね。

母

〈佐藤 千秋さん〉

エピソード

七十八歳になる母の介護のために、東京と仙台の往復を七年間しています。疲れを悟られまい、と、パワー全開にしているつもりでしたが、やはり母は、私の気持ちの機微までも察していたようです。

帰りの新幹線で、このメールを見た時は、涙が止まりませんでした（休まいは、休みなさい、の方言です）。

9

件名　とうさん

げんきか でんわかった

こっちはゆきふってきた

とうさんはしんぱいないからがんばれよ

またかえってこい

〈高山 広志さん〉

エピソード

僕は四年前、秋田に父一人を残して上京しました。仕事であまり田舎に帰れず電話もできず。すると去年の冬、知らないアドレスからメールが。父でした。いつどうなるか分からないからと携帯を買い、一日がかりでメールを打ったそうです。親のありがたさを感じました。

10

件名　帰宅は何時？

今日は結婚記念日。忘れているわけじゃないでしょうね。

しかも銀婚式ヨ。

朝からリキ入れて料理を作っている、何時に帰ってくるのよ！(-.-“”)凸
プロポーズの時、あなた言ったわね。

「銀婚式には、海外旅行。金婚式には、世界旅行に連れて行く」って。それを思い出して、帰って来れないの？　まさかね。

早く帰っておいで、2人で「80日間世界一周」のビデオを見ようよ。

〈星崎 みち子さん〉

エピソード

私の誕生日には、いつも歳の本数の花束を買って帰ってくる夫。が、なぜか結婚記念日だけは、忘れるようだ。いいえ、忘れているフリをしているようだ。

でも、いいのです。今年の誕生日に買ってきてくれたカサブランカ。あまりにも本数が多くて、ボリュームがあって、両手で抱えたら玄関から入れなかった。

来年からは、歳の数の「花の種」にすると言われた。

それも良いと思う。今の調子で花を持ってこられると、門にも入れなくなりそうだから。

11

件名　メールだから話せる40年前の思い出

徹郎君と田舎で一緒に相撲をとったりして遊んだ時のことを思い出しました。いつも俺のほうが負けていたのではないかな。あれから40年近くもたってしまった。

二度と話したりすることはないだろうと思っていたけど、メールがあって本当に良かった。メールをもらうたびに小さい時の声で徹郎君が呼びかけてくるみたいです。

隅田川《すみだがわ》の花火は良かったですか。きれいな写真は撮れましたか。同じ日に我が家の息子と娘も花火を見に行きましたが、どこかで会ったかもしれませんね。

〈小川 忍さん〉

エピソード

宮崎・霧島山脈の麓《ふもと》の田舎で、小学校高学年の時、水遊びから耳が聞こえなくなった同級生の徹郎くんが、聾唖《ろうあ》学校を出て東京に就職、僕も高校を出てから上京。この間、全く会う事も話すこともなかった。

今年の一月結婚式に参加するため田舎の同級生、真ちゃんが上京。一緒に会わないかということで再会した。会ったのは三十七年ぶり、携帯電話のメールアドレスを交換した。次の日から小学校以来、四十年ぶりの対話がはじまった。

もう一生話すことはないと思ったけど、メールで対話ができた。メールに感謝したい。

12

件名　さっきのでんわ

なんかあった?

かつおのたたきをおくっちゃるきん。

〈谷岡 由紀さん〉

エピソード

四国に住む母からの初メール。使いこなせず全部ひらがな。
寂しくて電話するも弱音を吐けない（不器用な）私。それに気づいてかメール
で元気付けてくれる。
でも蛙の親も蛙。不器用な母の励まし。

13

件名　想いは通じた……。

頑張れって言っても返事がないの。
でもね、「兄ちゃん明日帰るよ」って言ったら目に
涙溜めてた。
伝わったんだと思うよ。

〈宮尾 恵美子さん〉

エピソード

このメールを送って十二時間後、父は静かに目を閉じた。それは意識のない父の精一杯の言葉だった。

兄が海外勤務になってすぐの入院。何もしてやれない分、毎日メールで状況を伝えた。入退院を繰り返しても家に居たいという気持ち、時に苛立《いらだ》ち毎日に嫌気がさすことすらあった。『とにかく帰るまで頑張ってくれ』この言葉も虚《むな》しく、眠るように旅立った。兄が戻ることをいつも楽しみにしていただけに、辛《つら》い別れになった。

叶《かな》わぬ夢を背負い旅立つ後ろ姿を見届けるのは切ないけど、父の心は強く逞《たくま》しく温かかった。だから私たちも頑張れたよ。ありがとう。

14

件名　報告

結婚してください。

中井税理士

〈縄島 敦子さん〉

エピソード

仕事にいき詰まり、毎朝電車で見かける彼に手紙で告白✉付き合うように❤

彼の夢は税理士で一生懸命勉強をしてました。でも結婚願望の強い私は困らせてばかり……💧

試験も無事終わり、結果報告を会社で待っていた時に届いたメールです。涙が止まりませんでした。出会って三年、来年結婚です❤

15

件名　そんなことないよ!

そんなことないよ!　浜はいいとこいっぱいだよ!　性格も外見も。

まず、性格。

優しい、おおらか、人の心配が出来る、自分の意見をはっきり言える。

つぎ、顔。

目……澄んでる、ぱっちり。

鼻……高くてきれい。

ほっぺ……ぷにぷにしてて肌ざわり最高

口……いつも笑ってる。キュート!

こんなにいいとこいっぱいなんだから、自分に自信持って!

〈浜田 望さん〉

エピソード

去年の年末に、失恋をして自分に自信をなくしていた時に友達が送ってくれたメールです。

私は特に可愛いわけでもないので、こういう風に言われたのは初めてでした。

ぼろぼろだった私の心にすごく染みたメールです。

このメールを見た時に、この子は一生の友達だって思いました。

16

件名　お父さん、覚えてますか?

お父さんお元気ですか?　私の事覚えてますか?

15年ぶりに声が聞きたくなりました。

何してますか?　幸せにしてますか?

私、お母さん、浩も楽しく、幸せにやってます。安心して。いろいろな話をしませんか?　返事待ってます。

〈原口 美佐子さん〉

エピソード

今まで、子供ながら電話やメールすらしてはいけない人だと思ってました。お父さんの新しい家族に悪いと思ってました。でも、今となっては私のお父さんはたった一人なので、今までの十五年分を今から埋めたいです。私の悩み事や楽しい事や悲しかった事を聞いてほしいです。

17

件名　父の日

チチノヒ

アイタクナッタカラ

スグカエル

〈直井 康浩さん〉

エピソード

茨城に一人暮らししている僕が、実家にいる母に電話していました。しばらく帰ってない、みたいな話になって、母が『お父さん、康浩に会いたがっていたよ』と一言。

明日が父の日だったので、帰省中に入れたメールがこれです。父は携帯電話を持ってまもなくでした。メールも、これが最初らしく、読むのも苦労していたみたいですが、僕が帰る前日に『メールってずっと保存できるのか?』と聞いたそうです。寡黙な父ですが、よっぽど嬉《うれ》しかったようです。来年もまた父の日に、一緒に酒を飲もうと思います。

『第1回 i のあるメール大賞』概要　※現在は終了しております。

■実施期間：2002年7月1日～8月31日

■応募テーマ：あなたの心に届いたメール、送った・送りたいメール

■内容

タイトル：20文字以内（英字は半角40文字以内）

メール本文：250文字（英字は半角500文字以内）

エピソード：250文字（英字は半角500文字以内）

※日本語もしくは英語で受付

■応募資格

関東・甲信越地域　1都9県

（東京都、神奈川県、千葉県、埼玉県、茨城県、群馬県、栃木県、山梨県、長野県、新潟県）に在住の方

■選考結果

グランプリ　1作　準グランプリ　10作　佳作　30作

■審査員（敬称略）　大林宣彦（映画作家）　柴門ふみ（漫画家）

ジョージ・フィールズ（国際ビジネスコンサルタント）　山瀬まみ（タレント）

『第2回　ｉのあるメール大賞』
受賞作品から

18

件名　お酒もメールもほどほどに

お父さんお酒を飲んでからメールをヨコサナイデネ。

誤字、脱字や間違いだらけだよ。

〈佐藤 英雄さん〉

エピソード

娘は一人暮らしをしている。しらふでは恥ずかしいのでついつい飲むと、メールを打ってしまう。

19

件名　おやすみ

早く帰ってこーい!　結婚するぞー!

〈小暮 真由美さん〉

エピソード

秋に結婚しました。当時彼（夫）と結婚する約束をした直後に、友人と三日間の旅行にでかけていた時のことです。次の日が帰る日だったので〝お土産何がいいかな？〟と、メールした返事がこれでした。

これからの人生が、ますます楽しみになった瞬間でした。

20

件名　(^-^)v

体の中に心臓が2個あるんだよ!

〈高山 広志さん〉

エピソード

結婚して五年、ずっと待ち続けた朗報でした。

不妊症と言われた妻は何度となく病院に通い、痛い思いも辛《つら》い思いも本当にたくさんして、もう諦《あきら》めかけた時、体調を崩し病院で検査してみると、超音波で撮られたお腹の中の写真には、まだ形も不確かな小さな命の姿がありました。

21

件名　月がきれい!

上を見て!　月がきれいだよ。

下ばっかり見てても、何も見えないよ。

〈田口 久人さん〉

エピソード

就職活動中、なかなか内定が貰《もら》えずに自分を見失い、彼女とデートして気分転換をしていましたが、ショックが大きく、彼女の前ではため息ばかりついてしまいました。そして、彼女と別れた帰宅途中に、送られてきたメールです。

22

件名　私たちの宝物

学校行けなくたって、希は希。

おれ達の子だよ、いずれ立ち直るよ。

あせらない、あせらない。

〈渡辺 直子さん〉

エピソード

学校に行けなくなってしまった娘の事で悩んでいる私に、単身赴任で鹿児島にいる主人から届いたメールです。

読んだとたんに胸に詰まっていたものが流れていくように涙が……。また娘に向き合うパワーが涌《わ》いてきました！

23

件名　初

おやすみ　ちち

〈小林 大介さん〉

エピソード

大病で入院する事になってしまい、みんなにメールで報告した際、父親にも一応報告したところ、メールなんてできないくせに一生懸命説明書を読んだり俺の友達にやり方を訊《き》いたりして、メールを返信してくれました。

短い文面だけど、その時の一生懸命さが伝わってきて、思わず感動。頑張ろうって思いました。

24

件名　だいじょうぶ

気休めだ、と言われてもこの言葉にはとても力があるので言っておきます。

「だいじょうぶよ」

闇夜で何も見えないと思った時こそ明かりが良くわかったり、頭上に満天の星が瞬いていたりするのよ。

明けない夜はありません。だいじょうぶよ。

〈佐藤 きょうこさん〉

エピソード

恋も仕事も失って未来に希望が持てなくなった時、絶望した私に友達がくれたメールです。

この時私は、思い詰めていて自殺も考えていたけど、このメールを読んで彼女のような友達を持った自分の人生の価値に気付きました。

読み返すたびに励ましてくれる大切なメールです。

25

件名　あらあら

ゆりちゃんに笑顔がないなんて、

クリープを入れないコーヒーのようだわよ!

(＾－＾)

〈笠原 ゆりさん〉

エピソード

仕事でいき詰まり、精神的にもまいっていてかなりシリアスなメールを送ったところ、友達から返ってきたのがこんなにおちゃめなメールでした！

メールを読んでプッと噴き出して、一瞬で笑顔になれたメールなんです(^_^)

26

件名　これからもよろしくね!

これから、じいちゃんの介護生活が始まります。
初めての事なのでわからない事や、いろいろ大変な事もたくさんあると思う。
でも、お前だけにまかせないで俺もなるべく協力するからあまり無理をしないで、二人でがんばっていこうね!

〈相澤　友美さん〉

エピソード

八十一歳の舅《しゅうと》が、肺炎で三ヶ月間の入院後、とうとう寝たきりになり介護をする事になった時に、夫からもらった✉です。

なにしろ経験のない事ですから、とても不安でした。でも、夫の気持ちを知り、私一人が抱え込む事ではないとわかり、すごく気持ちが楽になりました。

夫もずいぶん協力してくれて、毎日無理のない介護生活を送ることができています。

27

件名　決戦

「生きてるってすばらしい」

胸を張ってがんばれ！

〈阿久津 唯さん〉

エピソード

去年の冬。浪人して、センター試験の日。模試とかもボロボロで正直自信が無かった。

教室に入り、最後の見直しをしようとした時、携帯に着信が! 母からだった。

（合格は）ずっとムリだと母に文句を言っていたのに、励ましに熱くなった。

そのおかげで力が出て、見事合格! 一生残しておきたいメールです。

28

件名　愛する人へ

これからも一緒にいろんなとこに行って、いろんなことして楽しい思い出作ろ。
そんで「もっと一緒にいたかった」って言いながら死にたい。結婚しよ?

〈安藤 香さん〉

エピソード

彼とケンカをして泣きながらもうだめなのかな、と思った翌日届きました。犬の散歩をしながら、考えた結果だそうです。その光景を思い浮かべると笑ってしまいます。私も死ぬ時は同じ気持ちでいたいと感じました。

29

件名　夜明け前が一番暗い

今が一番つらいと思うなら、夜明けは、すぐだよ。

太陽が昇る前が一番暗いんだからね!!

〈飯嶋 直樹さん〉

エピソード

このメールは、私が仕事を辞めて自分に何ができるのか？　などと深く考えすぎてウツ病になってしまい、ふさぎこんでいる時に、幼なじみの親友からもらいました。

このメールを見て涙がとまりませんでした。何度も何度も私に元気と勇気をくれます。大切な保護メールです。

30

件名　義母より

息子のこと忘れないでね。あなたの事はたくさん聞いていました。あんなところでではなく、会えるのを楽しみにしていました。

泣いてばかりいないで。息子はあなたの笑顔がすきって、俺がずっと笑わしてやるんだって言っていたんだから。

生きなければいけないのよ。

〈池田 仁美さん〉

エピソード

婚約者の突然の死で、彼のお母さんにお葬式で初めてお会いした後、泣きっぱなしの私にお母さんから彼の携帯で、送られてきたメールです。忘れないでと、彼が言ってるようでした。いつも私を、息ができなくて苦しくなるまで笑わせた彼。はずかしがりでひとみしりで、亡くなった後から聞く私へのたくさんの愛情。

私は今も心の中で、彼にメールを送りつづけています。

私は彼の分も、笑って生きていこうと決めています。

おかあさん、彼を産んでくれて、ありがとう。あれから一年たったけど、彼と過ごした時間は宝物です。この想い届きますように……。

31

件名　無題

おはよ。今日は雲1つない青空だね!!

当たり前なんだけどさ、空って繋《つな》がってるんだよね。

〈一戸 沙紀さん〉

エピソード

遠く離れて住んでいる友達、チカから来たメールです。

チカ、うちらの友情に距離なんか関係ないね！　だって同じ空の下にいるんだもん。これからもずーっと友達だよ!!

……このメールのお陰でチカとの距離が、もっともっと近くなった気がします。

32

件名　おい(｀_´メ)

早く帰ってきなさい。たとえ第一志望の高校受験に失敗しても、おまえがうちの大事な長男だってことには何も変わりはない。

昔も今もこれからも……。それに、今日はお寿司《すし》だし……(o ^ . ^ o)

ウニが2つしか残ってないけど、どうする?

m(_ _)m

エサにつられる魚もかわいいもんだぜp(^ - ^)q

〈猪俣 淳夫さん〉

エピソード

長男が第一志望の高校の合格発表を見に行って、『不合格』というメールをよこしてから、なかなか帰ってこなかった時に書いたメールです。

夜八時に帰ってきてお寿司《すし》をほおばって寝てしまいました。

今は第二志望の高校に元気に通っていますが、テストの点数が悪いと、『今日は寿司食うしかない!!』と騒いでいます。

やっぱり、あの時カレーにしておけば……。

33

件名　お父さんへ

今、凄《すご》く逢《あ》いたいです。話がしたいです。
私は、その後流産したり離婚もしてしまいました。
色んな事を相談したかったです。
どれだけ『お父さんがこの場に居てくれたら…』って思ったか…。
思いながら何度も泣きました。
もう二度と逢えないけど私の手に同じホクロを残してくれた事嬉《うれ》しかったです。
見る度に励まされている気がします。ありがとう。

〈小川 久枝さん〉

エピソード

父は他界したのですが、私の幸せしか知らずに逝ってしまいました。（父が）死んだ後、父の手と同じ場所にホクロができたのです。父から貰《もら》った最後のプレゼントのような気がしました。

ホクロを見る度、思い出すのです。離婚の時独りで闘って、何度も父が生きていてくれたら……って思いました。

もう逢《あ》えないけど生きていてくれたら、メールをしたかったです。

34

件名　悩んでいたら

迷わず行けよ!　行けば分かるさ!

〈金子 征司さん〉

エピソード

僕には今やりたい事があります。

だけど仕事や今の生活を捨てるのが怖くて悩んでる時に、友達に『俺はまだ間に合うかな』と送りました。後悔のないように……。

何か悩んだ時はいつも、このメールを読みます。

35

件名　♥これからもよろしく

あなたと23年間、一緒に歩いて来た人生は、台風の様だったけどおかげ様でとても楽しく良い人生でした。

♥ありがとう♥すぐにはあなたの許《もと》へ行けませんが、沢山のおみやげ話を持って行きますからね。

いつまでも、いつまでも、待っていて下さいね♥

あなた♥

〈大沼 富美子さん〉

エピソード

夫は突然、事故で亡くなりました。

私達が結婚した時に流行《はや》っていた歌の様に『オレが死ぬ時そーするから』と言っていたのに、別れも告げず夫は逝ってしまいました。私は友達にウジウジ言って迷惑をかけています。この✉をキッカケに前向きに生きていけたらと思っています。

36

件名　赤道直下の

ここマンタ市サンホセ託児所の200人の子供達にとって、今日は一年で一番嬉《うれ》しい日です。日本の皆様のお陰でごちそうのチキンピラフも出ましたが、食べなれないチキンをじっと見つめて、中には涙ぐむ子供もいました。

週に一度牛乳と卵を食べられるようになって、子供らの顔色も体格もよくなってきました。

お菓子のプレゼントもみんなに配りました。

サンタはどこから来る？　ときかれて、『ハポン（日本）』と答えている子もいました。

本当に有難う。皆様に感謝します。

〈井川 實さん〉

エピソード

三十年前に一家でエクアドルへ移住し、水産会社を経営しながら子供達への支援を続けているIさんからのお礼のメール。

遠い南米で、孤児院や子供公園を建設したり、食事の提供を続けるIさんの努力には頭が下がります。

大学の後輩である私達は二年前からIさんの活動を助けるために、友達から募金を募り始めました。が、ほんのささやかな、子供一人一日5セントぐらいの送金です。

それでも現地のボランティアの人々や子供達が、こんなによろこんでくれるのかと、胸が熱くなりました。

37

件名　宝物

パパの「宝物」は私が守ってくから心配しないで。
パパはこの小さな宝物達を見守ってあげててね。
パパが心配しないように、皆で力を合わせて頑張っていくから。
でも、たまにでいいから夢にでも出てきて…「頑張ってるね」って褒めて下さい♪

〈梶 美咲さん〉

エピソード

今年の春、夫を亡くしました。まだ二十九歳という若さで旅立ってしまった最愛の人。

『お前は俺がいないと、チビ達を育てらんねーからな』と、冗談まじりに言っていました。

家族が……子供達が一番の「宝物」だったパパ。まだまだ毎日が辛《つら》いけど、パパに心配させないように『天国まで届け!!』という願いを込めて……。

38

件名　道

のびのび暮らし　のびのび心。

いろんな人のいろんな歩き方だよ。

〈小坂 麻衣さん〉

エピソード

私が失業してしまった時に親友から届いたメール。

当時私はやりたいことがあるのに、経験がないという理由でなかなか就職できませんでした。

今までの人生を否定されたような気持ちになって落ち込んでいた時、短い文ではありますが、彼女がくれたこのメールが心に響きました。

追い詰めて考えてはいけないと思いました。

39

件名　おめでとう

18年前のたった今あんたが生まれたんだよ。

一度きりしかない人生大切に生きて下さい。

〈峯澤 華さん〉

エピソード

私の誕生日に母が送ってくれたメールです。私の生まれた時間ピッタリに送ってくれました。

とにかく遊びまくっていて親にも反抗していた私はこのメールで大泣きし、態度を改める事が出来ました。

40

件名　無題

「猫の手、あまってまーす」

〈中嶌 絵利子さん〉

エピソード

今年の夏、突然くも膜下出血で主人が倒れ、二人の子を抱えながら看病する私の心労がピークに達した時、友人がくれたメールでした。

バリバリに張り詰めていた私の心に大きな安堵《あんど》感とまだまだ頑張れるぞ、という気持ちを起こさせてくれた彼女に、感謝と強い憧《あこが》れを持ちました。

『第2回 i のある メール大賞』概要　※現在は終了しております。

■実施期間：2003年11月1日〜12月30日

■応募テーマ：あなたの心に届いたメール、送った・送りたいメール

■内　　容

タイトル：20文字以内（英字は半角40文字以内）

メール本文：250文字（英字は半角500文字以内）

エピソード：250文字（英字は半角500文字以内）

※日本語もしくは英語で受付

■応募資格

関東・甲信越地域　1都9県

（東京都、神奈川県、千葉県、埼玉県、茨城県、群馬県、栃木県、山梨県、長野県、新潟県）に在住の方

■選考結果

グランプリ　1作　準グランプリ　5作　審査員特別賞　5作　入賞　30作

■審査員（敬称略）　大林宣彦（映画作家）　柴門ふみ（漫画家）

ジョージ・フィールズ（国際ビジネスコンサルタント）　山瀬まみ（タレント）

『第3回　ｉのあるメール大賞』
受賞作品から

41

件名　もうー本

辛《つら》いっていう字は、もう少しがんばれば幸せになれそうな字だよね。

〈丸茂 妙子さん〉

エピソード

私が高校生だった時に親友からもらったメール。

高三の夏休み、受験勉強もしなきゃいけないし、部活も全国大会前で、九月にある文化祭でやる劇でも役者をやり、前夜祭でも歌を歌うことが決まっていた私。どれも手を抜けなくて、息切れしそうだと送ったら、この返事です。

もう少しがんばって、幸せになろうと思いました。

42

件名　そろそろチャンスです

お父さんがモゴモゴ謝る練習してます。

〈林 江利さん〉

エピソード

母は婿取りなので夫婦喧嘩《げんか》をしても『実家に帰らせていただきます』が使えません。勢いで家を出たはいいが、長くいられるところもなければ、帰るタイミングも分からないだろうと思いメールしました。

母は亡くなってしまいましたが、最期まで夫婦円満でした。

43

件名　今向いている方が前だよ

「どうしたらいいのかわからずに、迷っているあなた。色々もがいているあなたが好きだよ。薬を飲みながらあなたはがんばっている。

今あなたが向いている方が前だよ。

焦らなくてもいいから、安心して歩いてごらん」

〈木村 香幸さん〉

エピソード

ウツ病を患っている私は普段から『前向き』という言葉が嫌いです。『前向きに』と言われると、『どっちが前だかわからない』と叫びたくなります。薬を飲みながら、看護師として働いています。

時には激しく落ち込み『前なんかわからない！』と主人に愚痴ってしまう事があります。そんな私に主人がくれたメールです。

44

件名　無題

二人が生まれてくれてよかった。

〈下山 実希子さん〉

エピソード

咽頭《いんとう》がんになった父は気づいた時は余命三ヶ月だった。

手術で喉《のど》に穴をあけ、食べる事も話す事も出来なくなってしまった。入院して退屈そうな父に『何か欲しい？』と聞いた。父は『食べる事も飲む事も出来なくてもいい。しゃべりたい……』と紙に書き、携帯を持って『メールの使い方を教えてくれ』とジェスチャーで示した。携帯は持っていたがメールをしたことのなかった父に、メールの使い方を教えてあげた。

父が姉と私に送信した初めてのメール、そして最後のメールとなってしまった。

45

件名　前からずっと思ってたんだけど

絵文字まで、そんなに笑顔じゃなくていいよ。

〈字引 章さん〉

エピソード

本当にドキッとしました。

高校時代の、口数の少ない友だちからもらったメールです。ぼくがその場を盛り上げたり、いつも明るく振る舞っていたりして、そういう事に実はちょっと疲れてもいた事を、彼だけが見抜いていて、『ああホントの俺をよく見てくれて、理解してくれていたんだな』と知り、なんだか肩の荷が軽くなりました。

感謝です。

46

件名　なし

うれしいけどそんなことしないでね

〈藤原 直孝さん〉

エピソード

最近子供を狙った犯罪が多い中、小学生の息子と命の尊さを話し合った。

『おまえにもしもの事があったら、おとうはその犯人をころしてしまうかも』と言った翌日、息子からきたメールです。意外に冷静な感じで微笑ましくなりました。

47

件名　生まれてくる赤ちゃんへ

元気ですか　というより毎日毎日たくさんママのお腹を蹴《け》ってくれてありがとう
お腹の形が“グニュゥ〜”って動くたびに幸せな気持ち　♪になります。元気そうでなによりです。
ママは赤ちゃんの顔を早くみたい　早く会いたいです
その反面、五体満足で生まれてくるか少し不安です　それと、お産もとても恐い　しかし、その痛みに耐えなければ赤ちゃんに会えないのだから…
ママは頑張ります‼
だから赤ちゃんも頑張って
その時は元気な泣き声を聞かせてください

〈青木 史枝さん〉

エピソード

いつか我が子に読んでもらいたいと思い、この文章を書いたのは、臨月の頃でした。無事出産し、今は三歳の女の子です。あと何年か経ち子供が携帯を持つ日がきたら、この文章を送ってみたいのです。その時、娘が何を感じてくれるか……。

些細《ささい》な夢なんですけど。

48

件名　Re:早めに退社できそうだぞ

じゃあ、帰りに、お醤油《しょうゆ》買ってきて!

あ、あとダイヤのペンダントも^-^

〈岩渕 和信さん〉

エピソード

ま、いつもの事なんですけど……。
もちろん、安めのお醤油だけ買って帰ります。

49

件名　怒った後

おとうより

かぎあけとくからはやくかえってこい

〈佐藤 麗さん〉

エピソード

夜遊びばっかりしてってすごく怒られた後のメールです。お父さんも携帯持ってるのにわざわざ妹の携帯からメールを送ってきたんです。お父さんからのメールじゃ読まないかと思ったんですかね（笑）。

お父さんの事、全然嫌いじゃないから心配しないでね。

50

件名　Re:

俺が家族ぢゃん♪

〈有賀 直子さん〉

エピソード

去年の四月に長野から上京してきて、東京の空気に馴染《なじ》めなくて、毎日の生活に息詰まっていた時に、学校を辞めて実家に帰ろうかとすごく悩んでいました。

そんな時、彼からこのメールが送られてきたんです。

今まで堪えてきて、張り詰めていた心の中にある糸みたいなのがブチッと切れて、大声で泣きました。

今は彼が心の支えになり、楽しく東京で暮らしています。

51

件名　おめでとうまだ19歳にしか思えません

〈浜田 ひろみさん〉

エピソード

携帯を持って数ヶ月経っても、メールの送信ができなかった母に、『今日三十二歳になりました。ありがとう』と送ったら、右のような返信が……。十九歳、って私が一番いろいろあった時期で、一人暮らしを始めた歳でもあったので、母にはその頃の思いが強いのでしょう。申し訳ないような懐かしいような複雑な気持ちになり、胸にこみあげてくるものがありました。

でも、夜十時頃送ったメールなのに、返信されてきたのは誕生日を過ぎた夜中の一時過ぎでした。タイトルのところに全部入っていたので笑ってしまいましたが、母の苦闘ぶりが窺《うかが》えます。

52

件名　とーちゃん❤

とーちゃんが首に巻きついとる

あったかい❤

〈佐藤 雅史さん〉

エピソード

単身赴任で週末やる事もない身なので、カミさんにマフラーを編んで送った。男一筋五十五年、糸も針も持った事なかったが会社の女性に聞きながら完成。編み玉だらけのものでしたが、かーちゃんから喜びの返事がきた。

みっともねえから、ハートマークなんかやめれや。

53

件名　兄から

弟は交通事故で亡くなりました。救急車を呼んだのですが、間にあいませんでした。弟は最期まで、あなたの名前を呼んでいました。
弟より素敵な人が、あなたと出会えることを祈っています。

〈阿久津 絵美さん〉

エピソード

まだ、付き合い始めたばかりだったので、家族のことなどもお互い知らなくて、これからという時に彼のお兄さんから届いたメールです。

これが届いた時は、信じられないのと同時に喪失感に打ちのめされました。私の名前を呼んでくれていたのに何も知らなかった、何も出来なかった、と悔やんだのを覚えています。

54

件名　手相

アタシの結婚線は25歳までに結婚すれば幸せに
なれる手相なんだってさ!!
困った困った

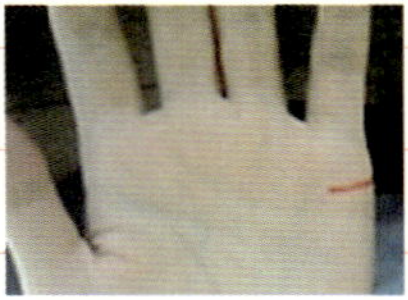

〈田中 洋介さん〉

エピソード

彼女の二十五歳の誕生日前にプレゼントは何がいい？　ってメールを送ったら戻ってきたメールです。よく写真を見ると自分で手相を描いているんですよね。

結果、プレゼントは彼女の希望通り、プロポーズになりました

55

件名　無題

今からヨーカドウ行くけど、

行くか？🚗

〈稲葉 彩さん〉

エピソード

私が９００ｉに機種変更したのを機に同じく９００ｉに買い替えた父。私がデコメールを送ったらこのメールを送ってくれました。母曰《いわ》く、打つのに時間がかかりすぎて、私の返事が届いた時には既にお店についていたとか。

お父さん、私は知ってるよ……私のデコメールを保護して残してくれてる事

56

件名　昌子を

〈南光 昌子さん〉

エピソード

昨年のクリスマスにサークルの先輩からもらったメールです。

私は幼い頃の病気が原因で耳が聞こえなくなり、携帯電話はメール専用に使っていますが、この先輩からのメールは意味がわからず、返信して問い合わせたところ『手話だよ』と回答が。それで気付きました。

コブシの甲を、手の平でなでることは『愛している』という意味。

文字のメールよりなんだか感動しました❤

『第3回ｉのあるメール大賞』概要　※現在は終了しております。

■実施期間：2004年12月1日〜1月31日

■応募テーマ：あなたの心に届いたメール、送った・送りたいメール

■内　　容

テキストメール部門　【文字、絵文字、顔文字などテキストで作成されたメール】

・タイトル：20文字以内（英字は半角40文字以内）

・メール本文：5,000文字（英字は半角10,000文字以内）

・エピソード：250文字（英字は半角500文字以内）

装飾メール部門　【色つき文字、背景色、文字の動きなど、装飾されたメール】

・タイトル：20文字以内（英字は半角40文字以内）

・メール本文：10Kバイト以内

・エピソード：250文字以内（英字は半角500文字以内）

■応募資格

関東・甲信越地域　1都9県

（東京都、神奈川県、千葉県、埼玉県、茨城県、群馬県、栃木県、山梨県、長野県、新潟県）に在住の方

■選考結果

テキストメール部門

グランプリ　1作　準グランプリ　3作　入賞　20作

装飾メール部門

グランプリ　1作　準グランプリ　3作　入賞　20作

審査員特別賞（テキストメール部門/装飾メール部門共通）　4作

■審査員（敬称略）

秋元康（作詞家）　ＹＯＵ（タレント）　塚本高史（俳優）　佐藤めぐみ（女優）

あとがき

ひとりになると、メールを打つ。

ふと気がつくと、何度も読み返しているメールがある。

メールはいまや、単に情報を伝える手段や道具ではなく、人の気持ちを伝え、人の胸にさまざまな想いを残す、人々に、なくてはならないコミュニケーションツールとして育まれてきています。

人がメールを受け取る時、送る時、その根底には様々な感情のかたちがあるのではないでしょうか。喜び、怒り、哀しみ、楽しさ。

メールは、文字や絵文字、最近では、色つき文字や背景色、文字の動きも加わって、その表現方法もさらに広がって、人々の気持ちを届けてくれます。

NTTドコモでは、去る平成十三年、営業開始十周年を迎えるにあたり、生活の中でやりとりされている、何気ないメールの数々を広く皆様から募集し、これからのメールコミュニケーションが、人に欠かせない心と心をつなげる文化として育っていくことのお手伝いをしたいと考え、『ｉのあるメール大賞』を始めました。

第三回（平成十六年）からは、新たに、装飾メール部門（ドコモのデコメールやＰＣのｈｔｍｌメールを募集する部門）も新設され、例年に勝るとも劣らず、さらに表現力豊かな、たくさんのメールをご応募いただきました。

第一回から第三回まで、皆様から寄せられたどの応募作品も、メールを送る人、あるいは受け取った人それぞれの「想い」を感じ取れる、心温まる作品ばかりでした。


メールだからこそ言えたコトバ、メールだからこそ伝えられた想い。

人と人とが交わす様々なコミュニケーション、そして、そこに生まれる様々なドラマ。

メールを通して伝えられた、たくさんの愛のかたち。


「メールだから伝わる気持ちもあります」

『ｉのあるメール大賞』に皆様から寄せられた、メールによって紡がれた心の物語。

そして、その深み、味わい。メールのやりとりの中に込められた人々の想い、人と人の気持ちのつながりを、心ゆくまで感じていただけましたでしょうか。

日々の生活の中で、メールが、いつも皆様の想いをのせて、幸せを紡ぐコミュニケーションツールとして育っていって欲しい。

ケータイのある人々の生活が、もっともっと「豊かに」、そして「安心・安全」になっていって欲しい。

そんな願いと共に、そのお手伝いをするという「社会的責任」を、わたしたちNTTドコモは感じています。

最後とはなりましたが、本著の刊行にあたりご尽力いただきました角川書店の皆様、そして、豊かなメールコミュニケーションをいつも育んでいただいている読者の皆様、『i-のあるメール大賞』にご参加・ご応募いただきました皆様に、深く感謝いたします。

平成十七年十二月

株式会社NTTドコモ　『i-のあるメール大賞』事務局

56通《つう》の涙《なみだ》のメール

iのあるメール大賞《あい…たいしょう》=編

角川文庫　14045

平成十七年十二月二十五日　初版発行

発行者——田口恵司

発行所——株式会社角川書店

東京都千代田区富士見二—十三—三

電話　編集(〇三)三二三八—八五〇六

営業(〇三)三二三八—八五二一

〒一〇二—八一七七

振替〇〇一三〇—九—一九五二〇八

印刷所——暁印刷　製本所——BBC

装幀者——杉浦康平

ん 23-1　ISBN4-04-381201-9　C0195